十年

生活的箴言

毕惠程·著

上海三联书店

图书在版编目（CIP）数据

生活的箴言 / 毕惠程著 .—上海：上海三联书店，2023.5
ISBN 978-7-5426-8030-3

I.①生⋯ Ⅱ.①毕⋯ Ⅲ.①诗集－中国－当代 Ⅳ.① 1227

中国国家版本馆 CIP 数据核字（2023）第 057795 号

生活的箴言

著　　者 / 毕惠程

责任编辑 / 陈马东方月
装帧设计 / 张建峰
监　　制 / 姚　军
责任校对 / 王凌霄

出版发行 / 上海三联书店
　　　　　（200030）中国上海市漕溪北路 31 号 A 座 6 楼
邮　　箱 / sdxsanlian@sina.com
邮购电话 / 021-22895540
印　　刷 / 河北环京美印刷有限公司

版　　次 / 2023 年 9 月第 1 版
印　　次 / 2023 年 9 月第 1 次印刷
开　　本 / 880mm×1230mm　1/32
字　　数 / 30 千字
印　　张 / 8.5
书　　号 / ISBN 978-7-5426-8030-3/Ⅰ·1805
定　　价 / 68.00 元

敬启读者，如发现本书有印装质量问题，请与印刷厂联系 0312-63568869

目录

爱情篇

择偶 /003
迷失 /004
玫瑰爱人 /005
期待 /006
换位 /007
硬话 /008
灵魂伴侣 /009
争吵 /011
精神变量 /012
重新选择 /013
内秀 /015
情执 /016
心动 /017
贪婪 /018
倒贴 /019

社交篇

助人 /023

回应 /024

拒绝 /025

好感觉 /026

自主 /027

真相 /028

证明无益 /029

两个朋友 /030

怨何应 /032

说不 /033

入职 /034

解释 /035

走为上 /036

转念 /037

层次 /038

创业篇

创业者 /041

合伙人 /042

性格 /043

盲目 /044

选择 /045

没啥好怕 /046

领头羊 /047

三种人 /048

创业班底 /049
团队目标 /050
坚持 /051
了然 /053
坚持 /055
应变 /056
离开 /057

人性篇

白眼狼 /061
善恶 /062
盲目 /063
惩治 /064
层次 /065
伪善 /066
女强人 /067
自卑 /068
高估人性 /069
认清 /070
人性 /071
懒惰 /072
真话 /074
诋毁 /075
弱小 /076

抉择篇

自我惩罚　/079

维度　/080

幸福真谛　/081

当下　/082

价值观　/083

降维打击　/084

圈层视角　/085

生气　/086

视角　/087

成长维次　/088

了悟　/089

纠结　/090

转场　/091

滋养　/092

为人篇

全力以赴　/095

算计　/096

奋斗者　/098

撬人　/099

心口不一　/100

自寻　/102

情绪　/103
找准自己的位置　/104
塑料搭档　/106
三六九　/107
自爱　/108
爱自己　/109
变好　/110
哲视　/111

处世篇

自渡　/115
寻找　/116
痛苦　/117
情义无价　/118
站位　/119
笑话　/120
小聪明　/121
别人　/122
坦白　/123
下菜碟　/124
生活　/125
善良　/126
失去　/127
公平　/128

逆境　/129

财富篇

赚钱　/133

贫富　/134

功德　/135

关键　/136

投资大脑　/137

付费学习　/138

投资　/139

穷人特质　/140

借钱　/141

显化　/142

远行　/143

穷富　/145

赚钱　/146

心动　/147

婚姻篇

错付　/151

真爱　/152

真相　/153

非常 4+1　/154

私房钱　/155

价值感　/156
自省　/157
药方　/158
家暴　/159
另一半　/160
沟通不畅　/161
基因差异　/162
男人变脸　/164
女人变脸　/165
西游　/166

亲子篇

爱伴侣　/169
浮现　/170
想起父母　/171
控制　/172
止语　/173
独特权利　/175
天花板　/176
安全感　/177
开心　/178
梦想　/179
大恶人　/180
撑腰　/181

默爱　/182
爱是答案　/183
机会　/184

老板篇

创始人　/187
立场　/188
寻找人才　/189
鸡肋　/190
搞事业　/191
规则　/192
选客户　/193
做事　/194
使命　/195
吸引　/196
五层次　/197
营销　/198
身份　/199
职场是非　/200
格局观　/202

觉知篇

担当　/205
允许　/206

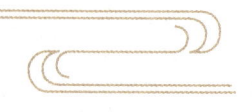

吸收 /207
人生百年 /208
休闲 /209
放下，别装 /210
如法 /211
层次 /212
大隐于市 /213
着相 /214
历练 /215
执念 /216
好人 /217
返璞归真 /218
醒来 /220

教育篇

三项修炼 /223
电灯式教育 /224
起跑线 /225
学艺术 /226
创伤心理学 /227
经典智慧 /228
美学 /229
家庭教育 /230
教育感 /232

教育事业 /233

原典智慧 /234

真理 /235

学习 /236

认知 /237

真相篇

信念 /241

心动 /243

显化法则 /244

期待 /245

倔强 /246

相信 /247

破层 /248

得到 /249

差距 /250

觉察 /251

初心 /252

金钱量尺 /253

感觉型 /254

爱
情
篇

择偶

不要因为打折就去买不需要的东西,
也不要因为寂寞就去爱不适合的人。
爱情就像乘法,
一方为 0,
结果注定为 0。
女人可以有一时冲动,
但不能冲动到
他只是随手给了朵花,
你却红了脸想要以余生做代价。

迷失

我们起初迷恋爱情,

后来选择物质,

再后来追求名利,

其实,在我们的潜意识里,

不过是追寻人品、责任与承诺,

只是我们常常忽略罢了。

玫瑰爱人

对于母鸡,
它虽下蛋,但也拉屎。
对于果子,
它虽香甜,但过程也需大粪浇灌。
有人吃着蛋,品着果,
但心里却挂碍着屎,执着着粪。
这就犹如一个知性大方的爱人来到你身边,
而你却纠结于她的过去无法舍念,
这种美好,或许只有心胸豁达的人才能消受。
因为他知道,
我爱的是她的境界,而非历史。
人世间,
所有的美好都承载着悲伤的内核。
因为,这就是"天道"。

期待

生活不苦,
苦的是你对它的期待。
婚姻不苦,
苦的是你对它的索取。
爱情不苦,
苦的是你对它的依恋。
期盼的背后是执着,
执着令人不自在、不洒脱!

换位

如果这个世界上有一个人，
她愿意
理解你的一切想法，
认同你的一切看法，
尊重你的一切做法。
那么，在你有能力、有条件、有资源的前提下，
你是否愿意去支持这个人？
当然愿意！
所以，当你希望你的伙伴、爱人、孩子可以同样支持你时，
那么也请你先要去足够地
理解他们！
认同他们！
尊重他们！

硬话

恋爱的最后一公里,
拼的到底是什么?
决心和笃定!
10 句"你去吗?"
不如 1 句"跟我走!"
100 句"你要吗?"
不如 1 句"你拿着!"
1000 句"你没事吧?"
不如 1 句"有我在!"

灵魂伴侣

有些人,

出现了一阵子,

却走到了你心里一辈子。

有些人,

出现了一辈子,

却被你忽略了一辈子。

其实每个人的本性里,

都隐藏着对爱的幻想,

以及温性纯良的渴望。

终其一生,

若你真的遇到可以驻足心房的灵魂伴侣,

这是何其的有幸,

因为所有温暖的爱人,

都像是一道光,

它可以照亮你前方的路,

它可以减少你一半的人间疾苦。

争吵

为何吵架的时候男人总是输？
因为他想通过道理来解决问题，
而女人却是以释放情绪为目的！
比起规则，
她想要的其实是态度。
爱情里，
本就不存在标准答案。
若你再执迷不悟，
最终的结果就只能是：
手术很成功，
患者已死亡。

精神变量

如果你有 100 块钱,
换成两张 50 元的,
你不会有感觉。
如果你有一个 180 斤的老婆,
换成两个 90 斤的,
你一定会特别开心。
因物质自身所产生的变量不会有感触,
而精神自身所产生的变量一定是惊喜!

重新选择

鸡蛋与石头在一起时,

哪怕整天小心翼翼,

也免不了伤痕累累。

后来遇到了棉花,

才感受到什么是温暖与自由。

真正的爱,

带给人的是享受而非忍受,

如果你正持续感受于情感的挫败,

真实原因也并非全然在你。

对于价值观本就不在同一维度的伴侣,

有时勇敢的分离,

也未尝不是一种明智。

借助《幽灵公主》当中的一句话:

"不管你曾经被伤害得有多深,

总会有一个人的出现,

让你原谅之前生活对你所有的刁难。"

内秀

对于女人,
美丽的皮囊千篇一律,
有趣的灵魂万里挑一。
前者让人沉迷,
后者让人欢喜,
前者让人靠近,
后者令人永久。

情执

一个人如果爱你,
眼里只有珍惜和体贴。
如果不爱,
那就只剩私欲和苛求。
而人性中最大的悲哀就在于:
你最终选择沉迷眼泪,
抛弃了欢喜。

心动

当你坐车来回几百公里,
只为去见某个人,
去做某件事,
在路上你会明白什么是"心动"!
心动的感受就是
去的时候连风都是甜的,
但回来的时候却孤单得像条狗!

贪婪

《西游记》中有这样一个桥段,
银角大王宝贝傍身、胜券在握、
一手好牌,
只因一时贪婪,
偏要用自己的收人金葫芦,
去换悟空所扮老道的收天假葫芦,
最终结果人财两空,陷入绝境。
人生抉择亦是如此,
满汉全席再多,
令人饱腹的只有几筷。
房屋千顷再广,
睡觉也仅需那三尺宽。
所以,恋爱中切莫因为贪婪,
为了获取更多,
反将现有的部分也丢失消散。

倒贴

不要去爱一个
你需要拼命追赶的人。
因为爱得越深,自尊丢失得越多。
一个丢失自尊的人,
又有几分值得爱慕与留恋?

社交篇

助人

好人跟着坏人走,彼此的路只会越走越窄。

坏人跟着好人走,彼此的路才能越来越宽。

所以,善良的人,在你未拥有实力、获取结果之前,

你的真诚和无畏在小人物眼里一文不值。

因为势力、虚荣就是小人物的认知局限。

所以有结果时的连接叫渡人,

无结果时的潜心积蓄叫渡己。

渡化小人永远不是靠真诚,而是实力!

回应

这个世界上,
对于喜欢咱的人,可以为其做出一些调整。
对于不喜欢咱的人,也无须做出任何改变!
讨厌你的人,
是他不愿接受
你已走出了他仍在挣扎的自卑。
喜欢你的人,
是他更憧憬于
你将会带他奔赴的未来。

拒绝

女人的贵气,从拒绝开始:
拒绝一事无成的男人;
拒绝总占便宜的闺蜜;
拒绝让你为难的朋友;
拒绝抱怨拉扯的圈子。
一段时间之后你会发现,
讨厌你的人,
会越来越尊重你。
你讨厌的人,
已经无法影响你。

好感觉

感觉是能量。
好感觉即高能量,
差感觉即低能量。
当有人对你嘉许、鼓励、托起、支持、引领时,
此乃贵人,你要珍惜。
当有人对你怀疑、贬低、讽刺、挖苦、打击时,
此乃小人,你应警醒!
在低能量或负能量的圈子里,
你要做的并不是改变,而是远离。
因为哪怕"鹤立鸡群",你的环境依然没有改变,
你要做的就是远离那群"鸡"!
所以,往后余生,
只爱一种人,
那就是:能给你好感觉的人!

自主

不管，你有多么真诚，
遇到怀疑你的人，
你就是谎言。
不管，你有多么单纯，
遇到复杂的人，
你就是心机。
不管，你有多么的天真，
遇到现实的人，
你就是笑话。
如果活在别人的目光中，
你一生都无法真正地找到自己。

真相

越是无能的人越喜欢讲感情,
很多人其实并没有什么感情。
当一个人执着于感情时就会明白:
那些跟自己讲感情的人,
到最后都喜欢坑自己。
我们最终只跟能讲利益的人在一起。
因为小善即大恶,
大善无情!

证明无益

怀疑你的人,
他不单怀疑你,
他怀疑的是整个世界。
批判你的人,
他也并非和你过不去,
而是他还未曾与过去的悔恨握手言和。
当你有立场,才不会有下场。
人生虽然很苦,
但你可以给自己一点甜。
当你不开心时,
不必为别人的狭隘买单!

两个朋友

我有一位孤傲的朋友,
他这一生,
闭门造车,从不求人,一无所有。
我有一位圆滑的朋友,
他这一生,
寄人篱下,摧眉折腰,年入百万。
经济危机到来时,
孤傲的朋友宁愿失去工作,
也要坚守这辈子不去求人的信条。
圆滑的朋友则四处奔波打点关系,
最后库存一空,资金回笼。
直到儿女结婚那一天,
拮据,让孤傲的朋友开始直面多年来清高的代价,
洒脱,让圆滑的朋友疗愈了多年颠沛流离的暗殇。

这个世界真的遍地都是才华横溢的穷人，
究其根本，
就是因为不懂人情世故！

怨何应

老子提倡以德报怨,
孔子主张以直报怨,
现代社会,当何往?
人分三六九等,
一切皆应层次而定!
在天堂里,
一切的妥协都是德的洗礼。
在猪圈里,
你不必去讲究人类的礼仪!

说不

很多痛苦，
看似是别人给你的，
实则是自己给自己的。
抱怨就犹如一坨屎，
当别人向你甩来的时候，
只要你不接，
痛苦便还是对方的。
人生中，
当你感受到某些抱怨并非善意的时候，
除了选择承受，
你还有第二选择
那就是对他说不！

入职

因为好心,
所以在入职后的第二天,
为同事们带来了礼品。
有人会认为你
为人真诚、善良、好交往,
也有人会认为你
处事虚伪、圆滑、套路深。
这个世界的真相本就
一面苦海一面天堂,
一面阴暗一面明亮。
你可以保留不伤人的教养,
但也需要展现不被伤害的气场。
若无人护你周全,
请你善良中带点锋芒,
为自己保驾护航!

解释

人生中大部分的时间,
你无须向他人解释,
也无须让所有人都知道真实的你,
因为你对他人而言并没有那么重要。
人们只愿意看到他们希望看到的你。
所以无须解释,
也不必证明,
只需活好你自己!

走为上

这个世界上有一种人
他们的生活质量极低,
随时都准备着跟人同归于尽!
俗称"垃圾人"。
所以相遇时不执着、不较真、不反驳,
闭嘴对你有好处,
撤退是唯一的出路。
因为他去往的是穷途末路,
而你奔赴的却是星辰大海。

转念

当某个人让你相处很痛苦,
当某个地方让你异常焦虑,
当你总想离开但未能逃离,
说明在那里还存在着因果。
唯有去找到事情的正面意义,
才会心生感恩与祝福。
你会发现,
境遇未变,
但压抑、执着却早已逝去。

层次

人分三六九等,
存于不同空间。
三等人为钱财生计,
充斥着争贪搅扰!
六等人为享受名利,
幸福伴随又空虚迷离。
九等人为理想贡献,
道心坚定且热情不减。
你的人生
是享受还是忍受?
是滋养还是消耗?
完全取决于你存在的轨道,
以及你与谁在一起!

创业篇

创业者

创业是九死一生,
但也是不负此生。
只要是为了众生,
就值得奋斗终生。

合伙人

创业期间,
永远不要去找那些没有决心的人。
历史的经验告诉我们,
凡是入伙前没有签过投名状的人,
往往都是第一个牺牲或叛变的人。

性格

有些人,
无论你怎么努力,
都无法获得成功。
其本质不在于能力有限,
而是性格基因!
一是怕,
二是贪。
怕会让人放弃立场,
贪会让人失去底线。
当一个人的人生模式习惯于
捉襟见肘、破釜沉舟时,
这并非面对生活的勇气,
恰是为过去软弱欲望的缘起在买单!

盲目

为什么你赚不到钱?
因为你专挑难的做!
租店铺、做运营、学技术、搞营销、拉团队,
唯一没想过的就是,
为什么做比做什么更重要!
其实不必重来才是快,
能够积累才是多。

选择

在产能过剩的时代,
勤劳根本无法致富。
真正的贫穷并非输在了不够努力上,
而是盲目的努力、傻傻的坚持上。
所以宁愿在注定成功的跑道上
暂时不成功,
也不要在注定失败的跑道上
暂时取胜!
选择才是人生的头等大事!

没啥好怕

风来了,
有人担心吹跑了晾晒的衣裳;
雨来了,
有人担心灾涝了春种的幼苗;
于是乎就有好多人
聚焦于如何抵御风雨。
殊不知,
风雨也是企业成长的必然。
在人生的旅途中,
你无法躲避风雨,
也无法永久安宁,
因为安宁就在风雨后。

领头羊

你能领导的人,
说明你发自内心地在爱他们。
愿意被你领导的人,
说明他们感恩并认同你的恩惠。
用金钱吸引来的员工,
可以少付出些感情。
用感情吸引来的员工,
一定要多付出些钱。

三种人

团队中有三种人,
造场的人、捧场的人和破场的人。
造场的人在于倾注能量与建立信仰;
捧场的人在于简单跟随与积极回馈;
破场的人在于制造焦虑与传递负累;
拥护造场者,连接捧场者,远离破场者,
同仇敌忾才能清理危害,
铁板一块方能创造未来!

创业班底

在每一个原班的创业队伍中,
核心层都会遇到的一个瓶颈:独权和专断!
对于权力,
你有能力驾驭时,团队势如破竹!
你没能力承载时,定会被其所伤。
所以迈入发展期,
最重要的不是摆资格,
而是看清自己的能力,
担任与自身实力匹配的职务,
方为自保不内耗!

团队目标

模糊发生冲突,
明确产生力量。
对于目标,
员工不会做你要求他做的事,
而是会去做你亲自检查的事。
比起你亲自去检查的事,
他更会执行有奖惩的事。

坚持

一个国家，

因连续数年都未曾降雨，

而导致土地干旱、民不聊生。

这期间国王多次请来法师，开坛求雨都未见转机。

三天后又将迎来第 101 次开坛求雨，

国王依然郑重承诺，

此次法师功力高强，午时一刻一定会雨从天降，

请子民务必全部到广场共迎圣雨。

虽然民众依旧如约而至，

但目光中早已失去了当初期待的光芒，

此时熙攘的人群中一个女孩格外显眼，

因为只有她是带着水盆而来！

也恰巧这一天，

大雨倾盆而下！！

所以人生无论遭何逆境、杳无转机,
请你一定要
相信梦想,相信明天,相信坚持的意义,
保持感性,保持激情,保持未来的期许,
宇宙的法则就是念念不忘必有回响,
老天也一定会奖励你的坚持。

了然

老话讲:

吃得苦中苦,

方为人上人!

如果你想要赚很多钱,

那么你就要比常人更自律!

如果你想要成功,

那么你就要比常人拥有更多的经历!

所以当你没有经历过大苦大难,

又何以生出大慈大悲?

当你没有心系天下的情怀,

又何来普度众生的愿力?

所以,

当你明了使命的意义时,

你会发现

一切遭遇，只为增加生命厚度。

一切体悟，都为通透人生福禄。

当你的经历不平凡时，

这一生也注将不平凡！

我想

唯有喜乐解脱的终点才配得上这一路的颠沛流离。

坚持

三国演义中,
你知道的是:
司马家族只用一天,
便夺取了曹魏四代君主打造的政权,
你不知道的是:
挥剑虽然只有一次,
但磨剑却用了好几十年!

应变

丛林理论中,
最终能存活下来的,
往往不是最高大、最强壮的,
而是对变化能做出最快反应的物种。
这个时代亦是如此,
未来没有稳定的工作,
只有稳定的能力。

离开

宇宙的本质是平衡,
能量的核心是匹配。
再纠结也将迎来自由,
再不舍也一定会重逢。
人生海海,
山山而川,
不过尔尔。
珍惜不期而遇,
看淡不辞而别。

人性篇

白眼狼

一个要饭的,
来到好心小伙的门前乞讨。
第一次给 10 元,痛哭流涕;
第二次给 10 元,心怀感激;
第三次给 10 元,习以为常;
第四次小伙说:"对不起我要结婚了,
以后只能给你 5 元。"
说罢,乞丐一掌呼来,骂道:
"你竟敢拿我的钱来养老婆!"
升米养恩,
斗米养仇。
当你的付出变成一种习惯,
当你的主动让人形成依赖,
一旦停止,那就是伤害。

善恶

人性中最大的恶,

便是见不得别人比自己好。

人性中最大的善,

便是毫无血缘关系都可以倾囊相助。

善恶并非立场,

而是抉择!

是虚荣心、表现欲、存在感的先后排序。

盲目

胖瞎子带着瘦瞎子去散步,
一不小心掉进了粪坑里。
瘦瞎子她不敢去发火,
因为她天真地认为胖兄弟会将她拉出来,
其实她不知道的是:胖子也瞎!
——致资金盘的姐妹花

惩治

女儿问：爸爸，
朋友借我车，
路上撞到了一个老人，
现在朋友让我出一大半的赔偿金，
合理吗？
我该怎么办？
爸爸说：什么朋友！！
好好想想，你的车不是被偷了吗？
所以，
对于塑料花友谊。
没有什么可怜惜。
当世界以痛吻你，
傻子才会报之以歌……

层次

你将一个好的创业机会告诉一位朋友，
他们听完后感恩戴德，内心欢喜。
但是你告诉了另一位朋友，
他们会怀疑你另有所图，认为全是套路。
面对质疑，
很多时候，并不是你不够好。
而是他那个层次欣赏不了。

伪善

凡是嘴上总说自己爱吃亏的人，
一定是爱占便宜的人！
因为那些总是吃亏的人，
往往并不知自己亏在哪。
反而那些整天算计的人，
最能看到自己的得与失，
这种行为称为"伪善"！

女强人

女强人有一种莫名的魅力,
非常吸引软弱且不安现状的男人。
一个靠奋斗补缺价值缺憾,
一个靠寻找再续母爱关怀。
于是乎,
男人靠妥协来维持欲望,
女人靠结果来掩饰柔弱,
当某一平衡被打破,
人性深处的缘起也随之没落。

自卑

如何让胖子快乐?
与其让他变瘦,
不如让他看到一个更胖的人;
如何让秃头自信?
与其努力增发,
不如让他看到一个发量更少的人。
对于自卑者的解脱,
最好是拿别人的不好来支撑自我。
当你看透这一点,
就会发现你生命中所经历的一切:
贬低、怀疑、讽刺和挖苦,
从本质上来讲,
并不是你的路不平,
而是他不行!

高估人性

如果你同时养了猫和鱼,
但有一天猫吃了鱼。
谁的错?
你的错!
因为你明明知道猫吃鱼,
还将它们放在了一起。

认清

当你的意见不被采纳时,
很多时候,
并不是因为它不够合理,
而是你的话语权不够。
没有人会拒绝你的产品,
他们只会拒绝你的平庸。
没有人会拒绝你的服务,
他们只会拒绝你的无能。

人性

坏人做了一辈子坏事,
最后做了一件好事,
叫浪子回头!
好人做了一辈子好事,
最后做了一件坏事,
叫原形毕露!
好人成佛需要历经九九八十一难,
而坏人只要放下屠刀就会立地成佛!

懒惰

有一家人很懒,
每天的家务爸爸不做就叫妈妈做;
妈妈不做就叫儿女做;
儿女也不肯做就叫狗狗做。
小狗没有办法,
只好用尾巴扫地,
用身体抹桌椅,
甚至用嘴叼着水管来浇花草。
有一天,来了一个客人,
见到小狗在做家务,
很讶异地说:"喔!小狗这么能干,还会做家务呀?"
小狗说:"没有办法,他们都不做,只有叫我做。"
客人一听,大吃一惊:"小狗也会说话!"
小狗赶快对客人示意:"嘘!不要让他们知道我会说话,

否则他们还会让我接电话呢!"
传说中人类就是因为懒惰
而被上帝逐出天堂,
也正是因为懒惰而再也没有回去过。

真话

为什么老板不重用你?
因为他觉得你没能力。
为什么孩子不尊重你?
因为她根本看不起你。
为什么伴侣出门不带你?
因为他担心面子碎一地。
为何地球没有围绕你转动?
因为你不是太阳!
你没有智慧、不够可爱、缺乏影响力!!

诋毁

比你维度高的人会鼓励你,
与你同维度的人会欣赏你,
比你维度低的人才会诋毁你。
所有诋毁你的人,
不必在意,
一切源于不如你。

弱小

因为你弱小，
所以你需要道德的护佑，
情义的滋养。
也正是因为你弱小，
所以在无知和无感的状态中，
你会无视道德的护佑，
情义的滋养。

抉择篇

自我惩罚

十年前,
有人骂了一句:你好丑!
10 年间,
你开始自卑、整容、不幸福。
这个过程,
你似乎忘记了一个事实:
别人对你的伤害只是一瞬间,
而你却用别人的错误,
惩罚了自己 10 年!

维度

两只狼来到同一片草地上，
一只狼看见的只有一片草，
一只狼通过草预见了一群羊。
前者悲伤离开，
后者欣喜等待。
所以这个世界上，
在一瞬间就可以看透事情本质的人，
和花半辈子也看不清事情本质的人，
自然是不一样的命运。

幸福真谛

贪婪是最真实的贫穷，
喜悦是最真实的拥有，
幸福是最真实的满足。
一个好的生命状态，
并不是得到的多，
而是计较的少。
当你对于获得幸福的标准越来越低，
连接痛苦的标准越来越高时，
你便找到了生活的真谛！

当下

亲爱的,
如果你认为当下很痛苦,
那么我想要问你:"什么是当下"?
1 天、1 周、1 月?
如果你真那么认为,
挫折带给你的体验一定是苦的!
试着将时间拉长,
你会发现当下可以是 5 年、10 年、30 年……
如果用自己未来 10 年后的状态看现在,
你就会发现,
哪有什么苦?
一切都是幸福的过渡!

价值观

所有的结果都源于决定,

所有的决定都源于当下的情绪。

而情绪,

就是你对事情的定义!

价值观会为你分清事情的优先等级,

成功还是健康?

尊严还是财富?

人性还是良知?

明确就会产生力量,

模糊一定产生冲突。

降维打击

如果让猴子去选择面前的
一根香蕉或一根金条,
相信它会选择一根香蕉。
如果让人去选择面前的
一根金条或一筐智慧,
相信很多人会局限于一根金条。
所以当你认为猴子是风景的时候,
那一刻在富人眼里,
你也成了他们的风景。

圈层视角

你身边人都骑电动车，
你开来了奔驰，
他们会说你太膨胀；
你身边人都在喝酒赌博，
你在行道修佛，
他们会说你洗脑着魔；
时间久了，你也会认为他们说的都对！
唯有继续向前，
突破阶层维度，
你会发现在富人的圈子里，
那些诋毁其实是修为、精进和喜乐。

生气

如果不小心丢了 100 块,
你是否会花 200 块的车费将它找回来?
当然不会!
但为何现实中类似的事情在频繁发生?
你被人骂了一句,
却花无数时间在疗愈。
为了挽回面子,
最终不惜代价、不惜成本、
损人不利己!

视角

小时候看电视,
总爱问谁是好人坏人?
长大后才明白,
哪有什么好人坏人,
不过是各逢其会,各为其主!

成长维次

成长分为两个维次：

第一维次关于解决问题，

第二维次关于更换跑道。

对于解决问题，

你会发现聚焦就是放大，它会为你带来更多机会！

对于更换跑道，

你会发现三维空间的问题就不是问题。

因为高维空间的实质并不在于地狱无好，而在于天堂无坏。

敞开就是接收。

喜悦即为流淌。

无须鹤立鸡群，

只需远离那群"鸡"！

了悟

如果人生可以重新来过,
你自然就会懂得:
做自己爱的事,
爱自己喜欢的人,
是多么的重要!
当你不执着于变成他人,
而是拥有勇气成为自己;
当你不纠结于外界决策,
而是遵循自己内心选择;
人生从此,
必定喜从心至,皆是逍遥!

纠结

一只又渴又饿的羊,

左侧一盆水,

右侧一捆草。

心中顿时生起了纠结,

究竟是先喝水还是先吃草?

三天过去了,

它依然一动不动地在原地思考,

最终饿死了。

纠结的极致是贪婪,

贪婪的外显是纠结。

放下纠结还是拒绝贪婪?

这是一个值得令人思考的问题!

转场

如果你是光,
你便看不到黑暗;
如果你生活在黑暗中,
说明你还没有发光;
如果你身处的环境飘着雪花,
那并不代表整个世界都下雪;
如果你感觉到有点冷,
那你可以出来躲一躲……

滋养

生存是苦的,

因为它从未离开过柴米油盐酱醋茶;

生活是甜的,

因为它可以连接到琴棋书画诗酒花。

人生中,

当你避免不了压力的时候,

你可以换一种生活方式。

虽然生存不易,

但不要放弃自己生活上的权利。

因为你很贵,

除了饱餐外,

你的心灵更需要一朵玫瑰花的点缀!

为人篇

全力以赴

一个临近退休的老木匠，
职业生涯最后被指派的工作
是独立完成一座房屋的搭建。
心想勤勤恳恳一辈子，
不如这一次偷奸耍滑，
索性粗制滥造完成最后一件作品，
反正离开也无须再负责任！
结果……
这件最后的作品，
竟是老板奖励他这一生辛劳的礼物。
这个世界哪有所谓的幸运，
有的只是
对于承诺的交付！
对于信任的不辜负！！
对于自我的全力以赴！！！

算计

一对要好的朋友小红和小明,
小红有 5 颗糖,
小明有 5 个橘子。
小红将仅有的 5 颗糖全部都送给了小明,并告诉他:
"因为我爱你,所以这是我的全部。"
当然小明也从自己全部家当中,
拿出了 2 个橘子送给小红,
并对她说:"我也爱你,
所以我对你更是毫无保留!"
晚上回家后,小红睡得安逸幸福,她享受敞开带给自己的喜悦。
但小明,他却翻来覆去不能入睡。
他总认为,小红是不是有 100 颗糖,却只给我了 5 颗?
世界即我心,

我心即世界。
全然的敞开,
便是自在的获取,
虚假的遮掩,
便是痛苦的开端。

奋斗者

有些人喜欢安逸，

有些人一生都在努力。

对于未知，

安逸的人绝不涉险，

努力的人倍感兴奋。

他们渴望着在一次次寻找、改变中，

达到认知的顶点，

突破能力的边界！

所以这个社会上，

有人很穷，

有人很富，

有人一身锈，

有人光万丈，

有人只是活过，

有人却千古流芳。

撬人

天天出海的辛劳渔夫,
某日路过海鲜市场的卖鱼摊位时,
心中顿时生起了致富的捷径。
那就是转换渠道!
之后的日子,
就再也没有见他出海捕捞过,
而是将鱼钩伸入了摊主的鱼篓中……
某些人,
看似短期获利的背后,
实则未来已布满荆棘。
你若不合道,
余生将无道可行!
　　—— 致破坏规则的始作俑者

心口不一

一善人捉到一只乌龟，
想吃，但碍于善人身份，
便在煮开的锅上架起了铁板，
说道："生死有命，富贵在天。
你若爬过便是晴天，
你若爬不过便是命运。"
最终小乌龟还是忍耐着高温
爬了过去，
在善人惊讶之余，
左顾右盼后，
再次伸手将乌龟抓到起点，
很好，这一次我们正式开始！
在此觉悟：
对于很多在意身份的人，

究竟是头衔让你变得更加伪善，
还是你本就伪善，
需要借助头衔来延缓灭亡。

自寻

外在所有的声音,
如果都能够轻易地影响你,
那是因为你内心没有自己的主见。
要想摆脱平庸,
你必须尽早地找到内心的声音,
因为越晚的开始,
找到的可能性就越小!

情绪

一只行走于高温沙漠中的骆驼,
身体又渴又饿,心情积压难抑。
此时,不小心被一块玻璃割破了脚掌,
终于在又急又气下情绪爆发,
狠踢玻璃碎片,一瞬间脚掌又被割开了更大的伤口。
大量的鲜血吸引来了蚁群,两个多小时就已倒地不起。
《易经》中讲:"吉凶以情迁。"
你的命运究竟是吉祥还是凶险?
与何有关?
情绪!
所以,当你能管理好自己情绪的时候,
也就管理好了自己的命运。

找准自己的位置

一位在家陪娃的爸爸，
为了不让孩子打扰到自己工作，
于是找来玩具让其打发时间，
孩子不一会就玩够了继续来找他，
反复几次后，
他便在一本杂志上找到世界地图，
随即将其撕成小块，让宝贝拼凑。
但没想到的是，
孩子只用不到十分钟时间，
便将已拼好的世界地图呈现在他的面前。
正当他惊叹之际，
孩子却说："爸爸，
地图我当然不会拼，
但我发现它的背面是人，

我将人的照片拼凑起来,

地图不就拼出来了吗?"

爸爸在赞叹之际也了然醒悟,

只要人做正了,世界自然就清晰了。

只要人摆对了,自然规律就悟透了。

塑料搭档

女孩说：
"我感觉我和男朋友不合适，
所以我就提出了分手。"
闺蜜问：
"大学的学费不是男朋友给提供的吗！
怎么毕业就分手？"
女孩答：
"因为现在我俩收入不一样，
价值观念更不同！"
是啊……
当瞎子恢复视力的时候，
第一个扔掉的就是她的拐杖！

三六九

古人常说,
人分三六九等,
但却未曾说过应如何分辨?
事业上,
上等人付出,
中等人交换,
下等人索取。
生活里,
上等人谈智慧,
中等人谈事情,
下等人谈是非。

自爱

一个不爱自己的人,
也很难拥有爱别人的能力,
因为爱满自溢后的关怀才是根本。
如若还未照顾好自己,
哪怕付出得再多,
背后也是无尽的期待与索取。
所以当你还未发光的时候,
就别急于向这个世界表达。
你无须成为别人喜欢的样子,
要先去成为你自己!

爱自己

亲爱的,
请闭上眼睛 10 秒后
说出你最爱人的名字。
是爸爸？是妈妈？是奶奶？
是孩子？是配偶？是闺蜜？
有没有发现,
那里面唯独没有你自己！
人生最应感恩的就是你自己,
人生最应爱戴的就是你自己,
人生最应呵护的还是你自己,
你一定要爱好你自己,
因为你天生丽质,宇宙无敌！

变好

宇宙万物皆由能量组成，
宇宙万物也皆由能量显化。
能量的本质就是匹配！
你若想要得到世界上最好的东西，
先得让世界看到最好的你。
人生中，
若没有前期的苦心经营，
又何来后面的偶然相遇。

哲视

什么是道德?
在你愉悦自己的生理和心理时,
你没有忘记愉悦自己的灵魂;
什么是良知?
在你的生理和心理都出了问题时,
你停止继续奴役自己的灵魂!

处世篇

自渡

一个站在船头上的舵手,
他从来不会担心船会下沉,
因为他相信的不是船,
而是自己的水性。
人生的安定,
也无须寄托于外在世界的和谐,
而是面对哪怕动乱、危机的人生洪流,
依然拥有泰然自若、勇敢坚定的内心!

寻找

人生是自己的,
永远不要活在别人的眼神和口水里。
你的言论无需别人理解,
你的选择无需他人支持。
你要做的是找到喜欢的事情,
要一直一直想着喜欢的一切,
于是就会被治愈了。

痛苦

快乐的内核是什么?
痛苦!
人的心量都是由苦难撑大的。
当你的心承载过巨大的痛苦,
那么对于小的磨难自然会无视!
所以当心量变大时,
一切问题就会变小。
对于扩充心量这件事,
真的没有任何捷径可言,
唯有经历、经历和经历!
因为经历过后的觉悟才会疗愈痛苦。

情义无价

如果你不相信真情，
不愿意付出真情，
你的生命也就失去了美感，
没有了意义。
就算这个世界
没有按照我们希望的方式运转，
至少我们可以控制自己的情感和思想。

站位

能量低时,
你要远离负能量的人。
因为人生,
聚焦谁就会放大谁,
走进谁就会成为谁。
能量高时,
你要走进低能量的人。
因为人生,
问题多的地方,机会多,
问题大的地方,福报大。

笑话

儿子问爸爸：
"你看那个开大奔的人，在向车外扔垃圾，真是惹人鄙视！"
爸爸说："孩子，
当你笑话别人没素质的时候，
别人也会笑话你没钱。"

小聪明

7岁的孙子正吃着西瓜,

奶奶一旁说:

"宝宝我来教你如何挑选最甜的西瓜吧?"

孙子说:"奶奶我又不傻,

西瓜甜不甜我一尝不就知道了吗!"

可是很多年过去了,

小男孩至今也没有学会该如何去挑选甜的西瓜。

照见人生,

你就不难发现,

有很多自作聪明的人,

明明懂得很多,却拥有很少。

明明脑袋里想的是对的,但结果却是错的!

别人

一个人的不幸,

是从羡慕别人开始的。

一个人的执着,

是从改变别人开始的。

一个人的索取,

是从要求别人开始的。

世界上最大的不幸,

就是你将期待和幸福的权利,

全部交给了别人!

坦白

以前不明白的是：
两个人，
为何彼此那么相爱，
最终却无法走到一起！
今日如梦初醒。
因为其中有一个人，
她一定说了谎！

下菜碟

天道无亲,唯佑善人。
千万不要欺负善良的人,
因为善良的人心中都有一尊佛。
佛压着魔,
你若推倒了佛,
那么就必须
迎接让你绝望的魔!

生活

留四分贪财好色,
以防与世俗格格不入。
存六分一本正经,
以图与道德同频共振。

善良

奔驰从来不贬低宝马,
宝马也从不敌对奔驰。
所以他们成了车界老大。
五粮液从不骂茅台,
茅台也从不说五粮液。
所以他们成了酒业老大。
强者互惜,弱者互害。
人活着,
发自己的光就好,
干嘛吹灭别人的灯。

失去

当你失去了信仰,你就失去了身份,
当你失去了身份,你就失去了价值,
当你失去了价值,你就失去了魅力。
当你失去了魅力,你就失去了一切。

公平

有人认为这个世界不公平,
但我想说:
"不公平是最大的公平。"
对于君子来说,败就是成。
对于小人来说,成就是败。

逆境

当你忍不住的时候，
你忍住了，
你就赢了。
当你身处逆境的时候，
你保持安静，
你就醒了。

财富篇

赚钱

为什么要赚钱?

钱是男人的胆;

钱是女人的价值观;

钱是孩子的资格感。

钱是行孝的基础;

钱是做慈善的保障;

钱是格局最大的帮手。

影片《西虹市首富》中的那个夏竹,

她虽不爱钱,

但是王多鱼感动她的每个瞬间都需要钱!

所以亲爱的,

何以解忧,唯有财富自由!

贫富

穷人与富人最本质的差别，
就是对财富的感受力。
富人感受到喜悦，
穷人感受到匮乏。
喜悦让富人拥有足够的资格感，
匮乏让穷人拥有深深的不配得感。
观其源头，
富人都是为了爱而工作，
而穷人却是为了恐惧在拼搏。

功德

你知道的是：
财富的获得需要资格，
财富的守护需要配得。
你不知道的是：
资格感的背后是自爱，
配得感的背后是功德。
一级功德是：成己。
特级功德是：达人。
超级功德是：成己只为达人。

关键

思维不改变,金钱不显现!
这个世界上,
钱只能解决 99% 的问题。
而剩下 1% 更关键的问题是:
如何才能赚到钱!!

投资大脑

学习的核心在于改变思维!

那穷人为什么不学习?

因为没钱。

为什么没钱?

因为没有赚钱的思维。

所以更要花钱改变思维!!

付费学习

学习的本质就是提升能量!
那穷人为什么不学习?
因为没钱。
为什么没钱?
因为吸引财富的能量不够。
所以更要花钱去提升能量!

投资

一个不愿意为当下学习投资的人,
是因为不相信自己的未来会变好。
所以正确的消费不叫"消费",
叫"投资"!
投资的是什么呢?
投资富足,
投资幸福,
投资生命的绽放,
投资自由与情怀。

穷人特质

穷人永远不屑于保险,
因为他不相信万分之一的意外
会发生在自己身上。
穷人永远热衷于彩票,
因为他相信哪怕是百万分之一的偶然
也一定会眷顾于自己。
所以人性中最大的恶
便是贪婪与侥幸。
当你的心智被它所占据,
那么人生只会穷得越来越稳定!

借钱

钱财不可轻易外借,
因为它是一种能量。
要不回来时,
它会拉扯你整个财库的进账。
更不要不好意思拒绝,
因为但凡借钱的人,
他不会只向你一个人借。
拒绝他的人多了,
他也不会经常想起你。
如果觉得尴尬,
那么一定是他。
如果违心借他,
说明你并未长大。

显化

穷人之所以穷,
是因为他总想赚快钱。
欲望达到了,认知没跟上!
能力达到了,德行没跟上!
百斤之车,难载千金之货。
命薄之人,难拥贵重之财。
所以,
放弃捷径便是直奔核心,
你敢积蓄十年,
不当专家,
也成学者!

远行

《一千零一夜》中有这样一个故事：
巴格达的一位富人，
坐吃山空，财产霍尽，沦为穷人。
他每天幻想着能否回到过去的生活，
某一天梦中的一位智者指引他，
说你的财富在开罗。
他便背上行囊，即刻前往。
不幸被抓到警察局，
说明实情后，警察大笑：
"你个蠢货，我做过两次这样的梦，
我的财富还在巴格达呢！
一个白瓦房的院子，
在中间杨柳树的下面。"
这个富人一听，

不就是我的家吗?

回家后,立刻行动,财富于此。

这个故事的意义是什么?

你只有离开你最熟悉的地方,

然后再回来,

你才知道真正的财富在哪里!

穷富

某一村落,突发洪水,
穷人与富人一同逃荒,
流落数日,
但依旧未曾走出大山。
而此时,
穷人剩下一个馒头,
富人剩下一个元宝。
富人主动换取,穷人欣喜同意。
两日后,穷人饿死,元宝依旧归于富人。
解脱财富者,财富是工具,
为人所用;
执迷财富者,财富是猛兽,
将其所伤。

赚钱

十年前,
你的亲戚根据你父母的收入来对待你。
十年后,
他们会根据你的收入来对待你的父母。
富在深山有远邻,
穷在闹市无近亲。
这个时代的人情冷暖,
取决的终是财富高低。
成年人的底气,
就在于赚钱的能力。
成年人的欢喜,
就在于不懈努力后的风生水起!

心动

事业做不大是因为不心动,
事业做不久是因为不心动,
一个人事业做得好,
他一定对这个事业很心动!
有状态,结果美妙。
笑嘻嘻,显化轻松。

婚姻篇

错付

什么叫错的人？
当你从他身上
获得的自信与快乐越来越少，
当你从他身上
感受的焦虑与自责越来越多。
当你开始患得患失，终日彷徨；
当你开始拼命讨好，降低底线；
当你开始兴趣消失，好友不见。
你的退却、无能与软弱只会换来
对方的变本加厉，更不珍惜！

真爱

不爱你的人,
他只希望你成熟、勇敢、懂事、温柔、听话。
真爱你的人,
他只希望你开心就好。
因为他爱你,与你无关。

真相

男人真的喜欢一个女人,
不敢牵手。
女人真的喜欢一个男人,
不敢提钱。
会做饭的女人等不到老公回家,
能回家的男人找不到会做饭的女人。

非常 4+1

夫妻矛盾中，
要想哄对方开心，
无非做到这四步：
1、先讲对方想听的
2、再讲对方能听进去的
3、然后讲自己应该说的
4、最后讲自己想说的
如果万能公式依然无效，
那么你可以加一剂猛药：
对，我确实是可恨，因为这些年我除了爱你其他的什么都做不好！

私房钱

对于私房钱,
男人一定不要欺瞒女人,
因为在女性基因中,
她的好奇一旦被引动,
分析能力就犹如福尔摩斯,
记忆能力将比肩爱因斯坦;
所以当你决定要欺瞒,
也要智慧于两手准备。
那就是在卡里加个字条:
亲爱的老婆,这是我送给您的惊喜!

价值感

老话说,

孩子都是自己的好,

媳妇都是别人的好。

观其本质,

那是因为孩子给你的价值感远超配偶!

一段关系中,

爱与不爱,取决于是否被崇拜!

持不持续,取决于是否被托起!

自省

有位太太
多年来不断地抱怨对楼妹妹懒惰,
嫌她的衣服永远洗不干净,
嫌她晾在阳台上的被褥总是布满斑点。
直到有一天,
细心的老公走到窗前,
发现并非是对面家的衣服有灰尘,
而是自家的玻璃有污渍。

药方

不幸女人自愈的四副良药：

1. 放下期待；

2. 找好处；

3. 认不是；

4. 不怨人。

药引子：立刻行动！！

家暴

婚姻中,
如有一天男人动手打了你,
亲爱的,
你不要纠结徘徊,
而是立刻离开。
因为你忠于的并不是爱人,而是爱情!!
爱情不在,便可离开。
爱情,
是三冬暖,春不寒;
是天黑有灯,下雨有伞;
是在一次次逆流中帮助你实现人生的逆转!!

另一半

二十岁时懵懂的女孩,
都在幻想着出现一个
天黑可以点灯,
下雨可以打伞,
夜半还能带你玩转酒吧的男神。
直到三十而立后,
才发现真正滋养你的那个人能够让你
迷茫时可以带来引领,
局面上可以带来稳定,
思维中可以带来提升,
商业里可以带来见解。
最佳的配偶其实是你人生战场的盟友,
而并非满足你懒惰和培养巨婴的凶手。

沟通不畅

什么是沟通不畅?
你说的无鱼不成席,
他往你桌上端甲鱼。
你说的无风不起浪,
他让你害怕就上炕。
你绝望后要去上吊,
他却认为你在荡秋千,
而且样子还很好笑!

基因差异

女人开车看不见油表,
但她能看见 10 米外男人的头发。
男人倒车能单手进库,
但他却找不到自己的袜子和内裤。
男人用 1000 块买一件衣服;
女人用 1000 块买一柜衣服。
男人会为了多赚几百块而开心;
女人会为了多省几十块而快乐。
男人打扮是为了比昨天漂亮;
女人打扮是为了比闺蜜漂亮。
男人想得少,说得少;
女人想得多,说得更多。
男人吵架 5 分钟;
女人委屈 15 年。

男人表达的是冰川上方；

女人理解的是冰川下方。

男人的出行只有一个背包；

女人的行囊必须匹配场景。

男人的洗发水只需确定是否是洗发水；

女人的洗发水却要考虑成分、品牌、香味和效果……

对于世纪难题的亲密关系，

究其根本，

就是男人女人完全是来自

两个不同空间的不同物种。

火星男人注重实质；

金星女人感受形式。

男人的退路在黑洞，

女人却只能悬浮夜空。

所以，万人疼不如百人爱，

百人爱不如一人懂，

爱他 / 她，先去读懂他 / 她。

男人变脸

成功的男人如此表现：

成熟稳重给外人看；

逗逼幽默给好友看；

天真幼稚给爱人看。

女人变脸

幸福的女人如此表现：
儒雅大方给外人看；
真实随性给好友看；
羞答可爱给爱人看。

西游

人生百年，
谁不曾大闹天宫，
谁不曾只爱自由；
但又为了家庭责任，
只能头戴紧箍，
而后又孤单上路；
你看现在的他
可能狼狈得像条狗，
殊不知，
恋爱时他也曾身披铠甲，
化身过绝世英雄！

亲子篇

爱伴侣

男人想要孩子有出息,
那么一定要多爱太太。
当她发自内心地喜欢崇拜你时,
孩子才能在母亲幸福的目光中
感受到父亲的伟大与宽容。
这份仰望便播种了孩子
领袖的基因,
王者的气场。

浮现

孩子听话时,你爱他入骨。
孩子调皮时,你却拼命吼叫。
你崩溃后自愈,自愈后又后悔。
却忘记了,
他只是个孩子。
但孩子没忘记,
你是世上最好的妈妈!

想起父母

对于孩子的成长,
作为父母,
应该要给予的是爱而并非教条。
当你没有把爱给够的时候,
就不要将话说透。
尤其在孩子小的时候,
要尽量对他们好一些,
让他们多快乐一些。
因为长大之后,
他们将会遭遇很多痛苦。
而那时,
小时候的快乐便会成为他们的回忆和慰藉。
父母的意义不单是给予孩子富裕的生活,
而是当他想起你时,
内心就会瞬间充满力量。

控制

孙悟空为什么会神通广大?
因为他没有其他猴打击他!
假如有一只猴整天耳边对他说:
"你这也不行,那也不行。
你不应该这样,更不可以那样!"
时间久了,
他的内心也会开始认为
自己不是个好猴儿的时候,
他的猴生自然也不会有好结果!

止语

谈及灵性,

孩子绝对是宇宙中能量最强的个体。

因为他们更加的活泼、敞开、随心所欲。

作为父母,

如果你整天还在用自己有限的认知不断打击孩子无限的可能性时,

你伤害的不仅仅是某个个体,

而是未来将由他们开拓的时代。

所以当孩子开始叛逆的时候,

真相只有一个,

他的内心已经开始瞧不起你,

你的能量已经无法影响到他。

这是事实,

你虽不愿看到,

但你必须接受!

所以在自己没有成为一个优秀的父母之前,首先要让自己学会闭嘴!

独特权利

这个世间,

有两种最美妙的状态;

一是初生时宝宝的哭泣;

二是年迈时妈妈的笑脸。

前者让我见证了生命的奇迹。

后者让我在爱中懂得了珍惜。

我们都曾是孩子,

如今已为人父母。

离去半生,才蓦然醒悟,

做孩子真的很幸福!

这是只有父母才能给予我们的特别保护。

当这个世界所有人都在催着你长大的时候,

只有他们,在守候你内心的童话。

天花板

牛津著名心理学博士尼克,
曾出版了家教类权威书籍《园丁与木匠》,
该书实则只有一个思想:
凡是优秀的父母,90% 的孩子都差不到哪里去,
凡是失败的父母,90% 的孩子也好不到哪里去,
看似是孩子在战斗,其实是整个系统在支撑。
孩子没责任,实则父母在控制。
孩子没边界,实则父母在放任。
孩子重物质,实则父母在贿赂。
孩子没自信,实则父母在惩罚。
孩子没敬畏,实则父母失伦常。

安全感

一直认为,
孩子的安全感
源于父母对她无条件的爱。
其实不然!
安全感是父母之间彼此的相爱。
爱是一个系统,
是婚姻中彼此包容付出的夫妻,
为孩子共同搭建的疗愈港湾。

开心

女儿每次郁闷的时候,
都会骑到爸爸的背上,
然后就会瞬间停止哭泣。
每次妈妈都不解地问:
"这后背真有那么大魔力?"
女儿说:
"做人呀,最重要的是开心!"

梦想

旷野起身千里马,
宫阙难养万年松!
一个没有梦想的孩子,
哪怕学习成绩优异,
此生也不会有太大出息。
一个怀有梦想的孩子,
哪怕学习成绩一般,
此生也会拥有非凡的成就。
因为梦想是山,梦想是河,
梦想是星辰大海,
梦想是田野广阔。

大恶人

世间充满大能量，
其中有三最负向：
不相信你会变好的爱人；
不相信你会成功的团队；
不相信你会幸福的父母。

撑腰

今日,无意听到宝贝在唱:
"有妈的孩子像个宝。"
伴随着这首民谣的旋律,
让我鼻头一酸,
继而陷入了无尽的思考。
为什么?
小孩子尿床捣蛋,
可以被原谅,
而老人却无法被原谅?
因为他们的爸妈
都不在了……

默爱

你说我一身武艺,
老妈说那是霸王硬上弓;
你说我浑身是胆,
老妈说那叫骑虎难下;
你说我当局者迷,
老妈说你也身不由己。
当所有人都在关心我飞得有多高时,
只有她深知我飞得有多累!
人此一生,
看似知己满目,
到头来才发现那个最懂我的人,
原来是爱我爱得最无私的那一个!

爱是答案

一个孩子

被两个女人撕来抢去。

其中一个女人是母亲,

另一个女人是人贩子。

在孩子疼痛喊叫的过程中,

最终有一方先松开了手。

请问,

没抢到孩子的那个人是母亲吗?

是!

因为她更怕孩子受到伤害。

机会

人这一生,
哪怕你穷途末路、颠倒梦想,
但依然有一对叫作父母的人,
会为你送来三次翻盘的机会:
做人的机会;
做子女的机会;
作善修福的机会。
所谓"孝顺",
只有"孝"才能"顺"。
看似是咱付出于她,
实则是她成就了咱!

老板篇

创始人

打造一个平台的关键在于:

核心的能力大于领导;

中层的付出大于领导;

基层的投入大于领导。

做好一个领导的关键在于:

自我提升的能力;

自我修复的能力;

自我激励的能力。

立场

当一个员工总是践踏企业文化与规章制度,
却对老板保持阿谀崇拜和无比尊重,
作为老板,必须无情!
当你还在以感受、面子、害怕冲突的维度权衡利弊时,
你不配获得尊重与成功。
因为公司犹如你的生命,
该员工挑战与践踏的并不是企业文化与规章制度本身,
而是老板的权威、人格与理想。

寻找人才

阴暗的人逗不笑,
乐观的人骂不哭,
反骨的人留不住,
忠诚的人赶不走。
你理想中的人才班底,
本质上来讲,
很难培养,也寻找不到!
因为班底的打造在于匹配,
它源于梦想同频、能量共振后的相惜而遇!

鸡肋

每一个领导人的身边，
都会存在两种人：
一种是做事情的人，
一种是挑毛病的人。
当有一天，你让
挑毛病的人挑做事人的毛病
那么做事的人一旦离开，
剩下的事，
挑毛病的人又做不好，
最后挑毛病的人却成了更大的毛病。
于是在他也继而离去后，
你才猛然意识到，
他不单带走了你的信任，
同时也带走了你对成功所有的幻想！

搞事业

任何没有目标的行为,
都是意淫的自我感动;
任何没有结果的忙碌,
都是逃避能力的缺陷;
所以对于事业的救赎,
唯有目标、结果和全力以赴!

规则

企业中,
最大的隐患就是没有规则,
最大的危机便是破坏规则。
规则是造血的基础,
规则是系统运营的保障。
规则的坚守会保护正追随你的人!
规则的妥协会冰冷为你坚守的心!

选客户

努力一定会有结果,
但不一定是好结果。
但选择比努力更重要!
对于创业公司而言,
先不要急于做产品、搞服务,
而是定位精准客户群。
先问你的产品应用属于生存圈、生活圈,还是生命圈的人?
如果是高端产品,
宁愿赚富人的零花钱,
也不赚穷人的生活费!
如果是教育产品,
那就卖给有车有房有存款的中产阶级,
或者卖给有过破产经历的富人!

做事

做小事靠的是能力，
做大事靠的是魄力。
做成事靠的是心力，
一生持续地做事一定靠愿力。
做事是修行的道场，
做事是菩提的阶梯。
不纠结，去行动。
人生才配更美好！

使命

一个企业的生命,
是文化与产品,
一个企业的天命,
是对于众生、社会的福馈。
当你知道自己为了什么而出发,
你便
找到了存于世界的意义,
领悟了经营哲学的原理,
从此人生不再迷茫。
起点即巅峰,
出发即到达。

吸引

能量越高的客户,
越容易被你成交。
能量越低的客户,
越容易把你拉扯。
如果你喜欢敞开果断的优质客户,
那么首先你要先去成为那样的人。
如果你不喜欢怀疑纠结的问题客户,
那么你必须与自我负向消极的信念绝交。

五层次

做老板的五个层次：

一级为赚钱层面；

二级为情感层面；

三级为品牌层面；

四级为文化层面；

五级为修行层面。

营销

三流的销售讲价格，
二流的销售讲产品，
一流的销售讲故事；
故事的背后是真实，
故事的背后是品质，
故事的背后是价值，
所以销售者只有做好事、大气地做事，
今后才会有好故事可以讲！

身份

做媒当天,
女生在男生家羞而不语,
当看到一只耗子在粮仓偷米,
她怯怯地说道:
"有耗子在偷你们家的米。"
当被迎娶过门,
洞房花烛夜再次看到耗子在米仓偷米时,
她抄起鞋子步入米仓,
厉声说道:
"真是活腻了,
老娘家的米你都敢偷……"
身份产生明确,
明确创造力量!

职场是非

传是非之事者必定是是非之人,
有人以"为你好"为由,
或是以解决团队问题为由,
在同事之间
引出一系列的是非、传讹、演绎和攻击,
此类情况,必须制止!!
因为你所认定的事实并不在于标准,
只在于角度、职务、立场。
角度不同、职务不同、立场不同,
看到的自然不同。
所以,
不要拿认知局限里的见解当武器,
更不要以我爱公司的真心为要挟。
在其位,谋其政;

不在其位,不谋其政。
究其根本,
以利益与价值感作为底色的职场,
大多数人所表达的都是内心深处的
希望和恐惧,
欲望与自由。

格局观

做事就是修行,修行就是做事。
可给可不给的时候就给,
可多给可少给的时候就多给,
因为你不给老天也会让你给。
不要因为欲望将最初的缘起变成业障,
一个人越付出就越能看到这个世界的全貌。
一个人保护自己最好的方式就是利益他人!

觉
知
篇

担当

有一天你想要质问老天:
为什么对这个世间的
贫穷疾苦、饥饿不公
选择袖手旁观,视而不管?
决定后又不敢去质问老天,
因为我怕他反问道:
既然这么多的问题,你为什么选择袖手旁观、毫不作为呢?
是啊,如果这个世界上好人太少,
那我为什么不能先成为其中一个……

允许

你不允许别人犯错，
是因为你也不允许自己犯错。
你嫉妒别人的人生，
是因为你不接受过去的缺憾。
世间里，
所有人的投射，
都是你自己。
幸福的法门即是：
不与世界为敌，愿与过去和解。

吸收

一个人骂了你一句,

你若记住了一天,

他便骂了你一天。

你若记住了一年,

他便骂了你一年。

你若记住了一辈子,

他便骂了你一辈子。

所谓愚蠢,

就是总拿别人的错误来惩罚自己。

所谓轻松,

就是永远不用当下去为曾经的痛苦买单!

人生百年

人这一生,
就好似沙滩堆堡。
哪怕修建得再好,
当 12 小时后的潮汐再次涌来时,
应有尽有也会即刻化为乌有。
所以在修行者眼里,
人生百年也不过是 12 小时的潮汐。
而对于那些最终修成的大觉悟者,
也是因为他们能全然地享受孤独!

休闲

兵器店中两张弓，
一张摆于展台，
箭在弦上，张力十足；
一张放于货架，
箭弦分开，松松散散。
当真正射箭的时候才发现：
第一张弓，看似弩张，但毫无力度；
第二张弓，看似松散，却威力十足。
人生亦是如此，
当你天天紧绷，时刻证明，
生命也将毫无弹性。
只有劳逸结合，接纳自性，
生命才会闪耀光辉。

放下,别装

当你认为,
自己有钱有势有智慧时,
我却认为,
标榜自己是自卑,
服务生命是慈悲。
当你在鄙视老人的那一刻,
实则你已经背叛了父母。
当你在看不起穷人的时候,
实则你已经奴役了自己的灵魂。

如法

为何好人没好报?
只因善意不得道。
一个七天没有进食的难民,
他的身体状况
只可吃些稀粥时,
你却给他十个馒头,
这无异于过失害人。
有智慧的助人叫积福,
无智慧的帮人是造业!

层次

何为好人?

没有时间做坏事!

何为高人?

不让坏人得逞,不让好人受害!

何为圣人?

让坏人觉醒,让好人显化。

何为神人?

一切即我,我即一切。本自一体,一切如是。

大隐于市

为金钱奋斗的人不可怕,
不为金钱奋斗的人才可怕。
因为当他看破红尘,
人生便不会沉沦。
不争城池的人,
是因为他的内心早已容纳了天下。

着相

真正的修行者,
不会带有修行相。
无论你仙风道骨,
还是道貌岸然。
倘若屏蔽红尘世俗,
脱离群众基础,
大道也将随之远去。
深山修,老林悟,
都不如人民群众的拥护。
所以,
修行如水,
随方就圆,合五色融五味。
只有放下、别装,
才会释放出被心锁住的能量。

历练

佛家有句偈语:
"欲做诸佛龙象,
先做众生马牛。"
一个经历过大苦大难的人,
方能生出大慈大悲!
一切伟大的成就都源于遭遇,
一切崇高的情怀都源于情结。
如果你真的是一粒种子,
就不要排斥生命中污浊、糟乱的境遇。
因为只有在这样的环境中你才能长大!
所以现在的错不全是错,
毕竟每个成功者都有过去,
每个失败者也将迎接未来。

执念

世界上最大的监狱是你的内心,

若走不出自己的执念,

到哪里都是囚徒。

好人

对于大地,
不长作物必生杂草;
对于心地,
不种善则必生恶。
所以什么是好人?
生命被情怀萦绕,
根本没有时间做坏事的人!

返璞归真

小孩有智慧还是大人有智慧？
当然是大人。
不，大人有的是经验不是智慧。
智慧源于简单！
《道德经》讲："专气致柔，能如婴儿乎？"
意为：当人在结聚精气，内心顺柔，不受外界波动的状态就像婴儿一样。
所以当人一旦有了私心杂念、
与人争执、
为己争利时，
身体也会变得僵硬。
所以生命本质的修行都在于
后天返先天、心无杂念、精充气和。
当你开始保持婴儿状态，

做事用心不操心、

爱人付出不操纵,

这样不但心境静定,

而且还能呼吸平顺,身体柔和。

醒来

觉醒前,

早起是为了工作,

工作是为了赚钱,

赚钱是为了娱乐,

娱乐是为了解压;

觉醒后,

早起就是早起,

工作就是工作,

赚钱就是赚钱,

娱乐就是娱乐。

觉醒前,欲望驱使造就痛苦;

觉醒后,活在当下享受其中!

教育篇

三项修炼

做教育,
你只有真善美,
别人会笑话你没钱。
你只有贪嗔痴,
别人会笑话你没素质。
所以教育者必须具有:
教育家的情怀,
宗教家的慈悲,
企业家的现实!

电灯式教育

教育的本质在于引发，

教育的精神在于传承。

有自由意志的老师

才会滋养出有幸福基因的学生。

所以新时代的教育者，

不做牺牲的蜡烛，

而做洒脱的电灯。

他若需要，你即开。

他若独立，你即合。

自由意志的背后即是：

不强求、不控制、不执着！

起跑线

孩子的起跑线在哪里？

在小学？在幼儿？在胎教？

还是在他们父母的青春里？

都不是！！

是在他们父母彼此的童年里！

那个地方叫作原生家庭，

那里汇聚着折射未来的信念、心智及性格。

所以起跑线从不设于孩子出生之后，

而是出生之前。

家庭教育之间比拼的也不仅仅是父母，

而是他们背后的整个系统、祖先、家风的传承！！

学艺术

艺术源于生活,

艺术高于生活,

艺术超越生活。

当你知道高考考什么,

你就会明了艺术对于孩子的意义!

高考考的是学生:

对于自然、社会、人生的探索;

对于情感的真切度;

对于思维的敏捷度。

创伤心理学

大多数不幸者,
他们的人生轨迹都是由
过往的苦难而定义,
所以不要相信创伤心理学。
相信创伤,
就永远没有健康,
所有的经历是老天的馈赠,
它让我们更智慧,更坚强。

经典智慧

经典的智慧
永远无法帮你满足欲望，
但它可以帮你指引方向！
经典是土壤，
生命是种子，
幸福是果实，
由经典滋养的生命更有方向，
由生命显化的幸福更具力量！

美学

什么是美?
层次感,
阶级感,
贵族感。

家庭教育

什么是家庭教育？

家庭教育分为三个层次：

第一层次是关系；

第二层次是家风；

第三层次是轴度。

关系决定了沟通方式，

家风决定了相处规则，

轴度决定了家风更替。

关系延于家风里，

家风传于轴度中。

轴度代表时间轴与空间轴，

它是每个时代的底色。

每个时代特定的环境都会衍生特定的信念，

当信念延续至今，

就是我们所看到的教养方式!

所以真正的教育不是继承而是创新,

它需要不断适应时代与社会的发展。

在家庭教育这件事情上,

也从来不是父母两个人的事,

而是家族、系统、社会共同的事!

教育感

如果你恨一个人,
你就劝他做教育,
他一定会终日惶惶,焦虑迷茫;
如果你爱一个人,
你要劝他做教育,
他终将会喜从心至,风生水起。

教育事业

有些工作,
无论你怎么安逸,
总感觉时间长得离谱。
有些事业,
哪怕你艰辛刻苦,
但也舍不得迈开脚步。
唯有热爱来临的时候,
再无忍受,只有享受,
再无消耗,只有创造。

原典智慧

《易经》

不单单是一门学问,

更是一种生活方式!

它能够让你与天地链接、与古圣对话。

当你开始

了解宇宙的规律,

寻找世间的脉搏,

生命便照进了觉知。

这份觉知会助你

找到自我的节奏、进入高能的频率,

从此人格中有我、责任里有家、使命上有国!

从此不再孤单!

从此身心合一!

从此人生开挂!!

真理

真理来源于生活,

但取之于体验;

福德来源于善念,

但取之于为民。

看似一切的偶然拥有,

其实并非学习而获得,

而是能量很高之后的共振而来!

学习

这个世间从来都不存在不公,
因为不公是在平面的角度,
因果才是立体的存在。
菩萨畏因,凡夫畏果。
人生中大多苦痛的遭遇,
在平面的世界里,
你很难看懂,
也易陷执着。
所以,
学习会让你在平行的认知中升高,
直至看清世界的全貌。

认知

人只有不断地学习,

不断地涉及不同体系、派别、宗教的文化,

思维上才不会固执、评判,

人格上才不会独行、专断!

因为我知道,

我们听到的一切都是一个观点,不是事实!

我们看到的一切都是一个视角,不是真相!

使我们摇摆不定的并不是事情本身,

而是我们对于这个世界的主观认知,

是我们对于自己内心的希望与恐惧。

真相篇

信念

沙漠里
师父见众弟子们口干如焚、即将倒下,
于是便拿出腰间壶说道:
"这里一壶水,
走出沙漠前,
谁也不许喝!"
当他们最终穿越沙漠,
瓶盖也就此打开,
弟子们这才醒悟,
原来是沙子从壶中悉数撒落!
信念,它可以呈现一切;
信念,它可以感知一切;
信念,它可以创造一切;
信念,即一切。

如果你的人生苦闷贫穷,

那是因为积累了太多的匮乏与焦虑;

如果你的人生富足喜乐,

那是因为感受到了太多的慈悲与纯良;

而瓶子犹如人心,

里面有什么并不重要,

重要的是你相信它有什么!

心动

一个人心动的频率,
就是宇宙跳动的频率。
想要宇宙听到你的声音,
首先你要找到心的呼唤,
而梦想、热爱、天赋和情怀全部都算!

显化法则

人生为何
怕什么，就会来什么；
想什么，就不来什么。
因为想是头脑、是意识，
它的能量振频极低，
而怕是内心、是潜意识，
它的念极真！

期待

重视即重伤,
轻视即轻伤,
无视即无伤。
你的执着有多重,
你受的伤就会有多深。
在任何一份关系里,
折磨你的永远不是别人的绝情,
而是你心存幻想的期待。

倔强

人要么任性要么认命,
没有中间。
认命的永远跟着任性的,
任性的跟着比自己更任性的。
理性悲观者往往正确,
特立独行者收获成果。
每个时代自始至终都是由
自我意识最强大的人引领出来。

相信

你相信自己会取得成功的时候,
你终究会取得成功。
你不相信自己会取得成功的时候,你一定不成功。
因为
没有信念介入的生命不会发生奇迹,
而你永远活不出自己不相信的世界。

破层

钱的背后是:关系。
关系到了,钱自来!
关系的背后是:事。
事结善缘,相见不难!
事的背后是:人。
人做极致,自然吸引!
人的背后是:命。
修福养身,功德化性。
命的背后是:道。
心系苍生,本自一体!

得到

领导到某精神病院视察,

路过第一个房间,

患者为中度抑郁,

医生道出病因:十年前未娶到心仪女子。

路过第二个房间,

患者为重度抑郁,

医生道出病因:十年前一房患者未娶到的女子被他娶到。

所以说,

生命中的两大悲剧为:

想得到的得不到;

想得到的得到了。

差距

这个时代,
即将来临一场末法的危机,
而贫富分化也会空前巨大。
未来社会中,
真正拉开男人差距的,
不是能力、见识,
而是情怀、担当;
真正拉开女人差距的,
并非美貌、财富,
而是智慧、成长。

觉察

人有病,即有罪。
疾病是身体犯下的罪;
抑郁是心灵犯下的罪;
贫穷是信仰犯下的罪。
所以
放下身体上的贪婪、
拒绝心灵里的欲望、
提高信仰中的慈悲,
人生将
生活明朗、万物可爱,
晴空万里、扶摇直上。

初心

如果你想尽快到达一个地方，
最快速的方式就是：
你已经在那里了！
所以找到初心和热爱，
你将无所不在。
所谓心动则情生，
情生则万物皆情。

金钱量尺

什么是梦想?
就是哪怕你拥有一个亿,
你依然会继续坚持的事业。
什么是爱情?
就是为了那个人,
你宁愿放弃一个亿也要跟他在一起!
什么是父母?
就是哪怕你负债一个亿,
他们对你依然不离不弃!

感觉型

有一种人,

整天情绪化,

内心不自由,

这种人便是追求感觉的人!

当她说:

"我必须在安静的空间内才会做事,

我必须在自由的时间里才能创新,

我的灵感更需鲜花、美酒与音乐的陪伴。"

那么,我想问:

"当你的事业场景中失去了鲜花、美酒、空间和自由,

那是不是就意味着失去了坚守、灵感与创造力?"

所以当一个人所有魅力的呈现,

都必须借助于自己设定的载体时,

她便被载体所执,

她便被失望引动，
她便情绪爆发，
她便不再自由！